A M. PRÉVOST-PARADOL

A M. PRÉVOST-PARADOL

Académicien, Homme de Lettres, Libéral,

UN AMI DE LA LIBERTÉ

Prix : 50 cent.

PARIS

CHEZ LES LIBRAIRES

1867

A M. PRÉVOST-PARADOL

Académicien, Homme de Lettres, Libéral,

UN AMI DE LA LIBERTÉ

Monsieur,

Avec « votre sincérité habituelle », et sans déroger à vos « habitudes de prudence excessive », vous aiguisiez jadis la queue d'un de vos pamphlets en une piquante allégorie qui fit effet dans un certain monde politico-littéraire. Un chien, pris par vous en pitié, l'œil ardemment fixé sur celui de son maître, se demandait s'il devait s'élancer à droite ou à gauche, si on lui jetterait une boule de papier ou un caillou. Cette espèce de chiens existe; mais nombreuse est la race des chiens hargneux et jappeurs, qui lèchent la main comme ils mordent les talons, quand on veut bien avoir leurs qualités en estime, et leur faire la part du gâteau large. On voit alors ces chiens au caractère aigri jouer très-agréablement avec les boules de papier et surtout avec les cailloux.

A ces chiens je souhaite les maîtres dignes d'eux.

Mais n'attaquons pas par métaphores un écrivain passé maître en ce genre d'exercices, où prudence et sincérité peuvent se fondre aussi harmonieusement qu'ordre et liberté dans l'école dont il a tous les grades.

Parlons nettement, Monsieur, à votre loyale franchise.

Vous vous prétendez libéral, et je vous crois sur parole, comme vos amis Laboulaye, Weiss, Thiers, Guizot, etc., etc. Mais je sais que, sous Louis-Philippe, les démocrates avaient en horreur le mot de libéralisme, qui signifiait pour eux liberté de la bourgeoisie à l'exclusion du peuple. Est-ce là le sens du mot de ralliement par vous adopté ? Pour moi, si j'ouvre le dictionnaire, à côté de ce petit mot, je lis : attachement au développement des libertés, de toutes. Tel ne doit pas être votre sens, car vous nous citez, tantôt l'Angleterre, tantôt les Etats-Unis, comme les Salentes du régime libéral. De votre part, double erreur, ou double mensonge.

Quoi ! l'Angleterre, où c'est la faible partie du peuple qui pense et agit ; la minorité du cens qui donne droit à la majorité du vote ; où la souveraineté populaire est écartée, méconnue, sacrifiée ; où règne l'arbitraire, non d'un homme (chose par vous détestée à bon droit), mais de quelques-uns (chose par vous adorée à tort), en fait d'élections, d'administration, de budget, d'instruction, de commerce et de presse ; (1)

---

(1) « Il y a aujourd'hui en Angleterre des colléges électoraux qui se vendent, non au gouvernement, bien entendu, mais à des candidats payant leur siége de leur poche, et l'on en peut citer de récents exemples. » — Extrait du *Journal des Débats,* du 19 janvier 1867.

où Bright, à la tête de plusieurs centaines de mille hommes, réclame en vain pour eux le droit de participer aux affaires du pays, à leurs affaires propres (je laisse absolument de côté les questions de libéralisme international et humanitaire, sur lesquelles le moindre enfant est renseigné dans les cinq parties du monde); l'Angleterre un état libéral? Que faites-vous, Monsieur, de la logique par vous apprise à l'Ecole normale, ou de la sincérité par vous prodiguée au *Courrier du Dimanche,* de libérale mémoire, et au *Journal des Débats,* de libérale actualité? L'opinion publique, dont vous êtes le prophète et l'idole, vous saurait gré de rectifier, dans un moment de loisir académique, le sens attribué par le lexique et par le peuple au mot *libéral.*

Sur l'autorité de votre dictionnaire, nous nous empresserons de donner cette sérieuse épithète aux institutions de l'Angleterre, jusqu'ici pour nous oligarchiques, et des Etats-Unis, jusqu'ici pour nous oligarchiques, (*) et, quelque chose de plus, anarchiques. Alors, si nous voyons la Constitution américaine de 1787, faite pour un peuple enfant, crever de toutes parts sur le dos d'un géant, écourtée, allongée, taillée et raccourcie au gré des convenances et des intérêts du plus fort, nous dirons : le gouvernement de l'Union est l'expression la plus parfaite du libéralisme ! la fameuse loi de Lynch, qui permet à chaque citoyen de se faire justice lui-même : libéralisme ! le maté-

---

(*) Oligarchiques de fait, grâce à la décentralisation.

rialisme le plus grossier, qui met la justice et le talent du côté des dollars : libéralisme ! le revolver à la place du juge, surtout à l'égard d'un homme de peau noire ; les violentes mesures prises tout récemment par les esclavagistes contre les partisans du vote des *affranchis;* le brigandage sur mer revendiqué par un seul peuple dans l'univers entier ; ce peuple, prétendu républicain, faisant alliance avec le despote européen du Nord, pendant l'égorgement de la Pologne : libéralisme, toujours libéralisme ! J'en passe, on le sait, et du meilleur.

Heureux Français, si nous voulions laisser pousser notre barbe en pointe, lire la Bible le dimanche, les autres jours vendre du suif, du coton et de la cannelle, des suffrages à nos concitoyens, de la poudre aux étrangers belligérants, et comme Jonathan, libéralement, à coups de poing et à coups de bouteille, procéder à l'élection d'un duc libéral quelconque pour président, et de Laboulaye ou Prévost-Paradol, pour vice-président des Etats-Unis français !

J'ai dit *coups de poing,* Monsieur ; j'ai dit un mot de trop. Il n'y aura pas de lutte en France pour de pareils choix. Osez : la France vous suivra comme un seul homme. L'échec des frères Davenport ne doit pas vous donner le moindre doute sur le succès des importations américaines. Le suffrage universel, reconquis en 1848, n'est pas si fort indispensable au bonheur de la France. Le peuple y tient tout juste. Privez quiconque ne sait pas lire et écrire de son droit de voter, vous lui rendrez service. La *vile multitude* sait bien, qu'à part les bourgeois dont la capacité s'évalue au poids, nul ne saurait avoir une opinion personnelle. Cela saute aux yeux, s'il faut posséder maison, champs, boutique ou tilbury, pour avoir des affaires en ce monde, qui n'a pas quelqu'une de ces capacités ne doit pas s'occuper des affaires. Presque tout le monde, en France, est convaincu de cet aphorisme nécessaire à l'organisation de la liberté. Quant aux récalcitrants, à la classe des déclassés, indignes de gouverner, et presque d'être gouvernés, s'ils veulent faire ombre au tableau, bruit dans l'harmonie du régime constitutionnel, on saura les mater, eux et leurs complices, à l'exemple de ce bon senor Narvaëz, qui vient de détruire, à main armée, à coups de proscriptions, déportations, emprisonnements, fusillades, etc , l'expression légale, mais rebelle, de l'opinion publique en Espagne. Les coups d'Etat faits pour ou par les Bourbons, je suis de votre avis, sont chose excusable, légitime, nécessaire. On en a fait en France : on en pourra faire. La presse, excitatrice de toutes les passions, « sera replacée (j'aimerais mieux placée) sous le régime de la loi, quelque sévère que cette loi puisse être. » Ou si, mesure qui prévient l'esclandre de la rue, « pour défendre l'Etat et la société contre les abus *possibles* de l'imprimerie, on ne voit pas d'autre combinaison que celle de l'omnipotence administrative, on n'hésitera pas à l'accepter. » On essaiera de trouver mieux. L'imprimeur, par exemple, sera condamné à défaut de l'auteur, à une forte amende. Il faudra des rentes pour être libre d'exprimer sa petite opinion, comme pour être libre de faire un livre, de bâtir une maison, de faire un sentier, une classe, une église, un temple, une fontaine, un pantalon, un soulier. « Laissez faire, laissez passer » celui qui paie en passant. Ainsi l'ont bien compris Washington, feu Louis-Philippe, le vivant duc d'Aumale, l'Amérique et Laboulaye, Prévost-Paradol et les *Débats*. Ainsi l'entendrons-nous tous enfin, prolétaires et ignorants, pour peu que l'admirateur de Narvaëz travaille à nous expliquer les savantes combinaisons de sa logique *prudente et sincère*.

Encore quelques pamphlets, quelques dissertations, quelques allusions oratoires, et nous voilà rendus, rendus à nous-mêmes, rentrés dans vos bras constitutionnels. Serons-nous heureux, libres, éclairés, et mis à l'abri de tout ce qui peut nous nuire ou nous séduire !

La loi sur la propriété littéraire, application du système décentralisateur, passant, les livres malsains seront achetés par une association amie de l'ordre et de la liberté, le *Contrat social* brûlé, Voltaire expurgé, Diderot écorché, Proudhon revu ; les rédacteurs et imprimeurs des journaux unitaires éliminés par la loi sévère ou la combinaison de salut ; le *Journal des Débats*, le *Temps* et le *Times* envoyés d'office, avec les manuels chrétiens de Guizot, à tout abonné du *Siècle* sachant lire et écrire. M. Prévost-Paradol leur passera quelques solécismes en français, s'ils veulent convenir que M. Duruy fit des solécismes en latin, et des barbarismes dans ses réformes et inno-

vations universitaires. A ces doux abonnés seront
encore offerts, à titre de primes gratuites, tous les
chefs-d'œuvre des écoles doctrinaire et néo-doctri-
naire, prodigieuse encyclopédie de combinaisons,
essais et contre-essais, bascules, équilibres, chassez-
croisés, distinctions, subtilités, apophtegmes, thèses,
antithèses, dialogues, apologues, pamphlets, soufflets
et camouflets de l'illustrissime et doctoratissime parti
libéral.

On pourra faire, à l'usage des jeunes générations,
une *Histoire contemporaine*, non pas autorisée par
l'Etat (c'est bien son affaire de surveiller et de proté-
ger l'instruction !) mais conseillée aux établissements
libres dont fourmillera la France. Il ne sera pas utile
d'y trop approfondir les essais de gouvernement constitutionnel si heureusement réussis par les hommes
de 1830. Certains détails seraient de nature à mettre
en défiance auprès des petits enfants cette regrettable
époque nationale. Qu'est-ce qu'ils penseraient de
leurs bons grands-pères, si un professeur d'histoire
approfondie venait leur dire :

—Voici comment les choses se passaient entre
1830 et 1840 :

La *presse était libre* : ni censure, ni avertissements;
mais cautionnement très-lourd, mais répression sans
mesure fixe, parfois draconienne; tous les jours des
procès de presse pour les articles les plus bénins; un
écrivain que je ne dois pas nommer (il vit encore),
condamné pour avoir attaqué le dogme de la Révéla-
tion, crime de *lèse-morale religieuse*; Dupoty, à pro-

pos d'un attentat dirigé contre un prince, incriminé pour un article écrit longtemps auparavant, qui avait pu, qui avait dû exalter les passions politiques de l'assassin; enfin, la liberté de Damoclès suspendue sur la tête des journalistes les plus inoffensifs : Philippon, du *Charivari*, poursuivi, le naïf dessinateur, non pour des prunes, mais pour des *poires*.

Les *élections* plus qu'anglaises : la corruption la plus éhontée faisant des colléges électoraux de véritables bourgs-pourris; les suffrages achetés par des *bourses* données, non pas aux plus pauvres ou aux plus méritants, mais aux fils d'électeurs influents, ou par des promesses quelquefois tenues de tableaux, d'église, de ponts, de routes, de canaux, de cloches; les reproches de corruption tellement généraux, que M. Guizot dit un jour à ses électeurs : « Vous sentez-vous corrompus? » les candidatures officielles si honorables, que les électeurs protestaient quelquefois ironiquement et nommaient un Vidocq à la place de l'homme du gouvernement, assimilation contre laquelle Vidocq protestait lui-même dans les journaux, etc. etc.

Le ministère *responsable*, au point que personne, à un moment donné, ne voulait faire partie du cabinet : le portefeuille, promené de porte en porte, tomba dans les mains d'un ministre bientôt concussionnaire; quand un des trois prédestinés, Thiers, Guizot ou Molé, était depuis assez longtemps au pouvoir, une cabale était montée par ceux qui s'ennuyaient de ne plus y être, et la majorité de la Chambre, toujours prête à saluer un nouveau soleil, quel qu'il fût, pourvu qu'il y eût nouvelle curée, mettait le ministère à la porte ; l'opposition *pour de bon* se joignait aux mécontents *pour rire*, et n'obtenait jamais rien que l'honneur avec le déplaisir d'avoir prêté son échine à des faiseurs de tours émérites.

Je ne dirai pas un mot de la politique extérieure, et pour cause.

Pour la politique intérieure, je rappellerai simplement les fameuses lois de septembre ; la loi qui, pour des crimes commis en commun par des militaires et des personnes appartenant à l'ordre civil, renvoyait les uns devant le conseil de guerre et les autres devant les tribunaux ordinaires ; la loi qui condamnait à la réclusion ceux qui ne dénonceraient pas les complots dont ils auraient connaissance ; et le droit de réunion énergiquement refusé, surtout aux ouvriers ayant besoin de se concerter contre l'avarice ou la cruauté des patrons libres de conspirer contre eux ; de toutes les réformes, la plus urgente, la plus réclamée, la réforme électorale, même restreinte à l'adjonction des capacités, opiniâtrément repoussée ; la nation française légalement composée de deux cent mille citoyens, trompant, pillant, asservissant, avilissant les trente millions de citoyens non reconnus par la loi, etc.

Ces menus détails pris au hasard dans les souvenirs d'un régime vomi par le mépris de la France, seraient de nature à troubler la conscience naïve des futurs écoliers de l'enseignement libéral. On les réservera pour l'époque de leur maturité, leur affirmant provisoirement, dans un sommaire appendice au *Précis d'Histoire universelle*, que tout était pour le mieux jadis sous le meilleur gouvernement constitutionnel possible. Daignez songer à cet appendice, Monsieur. La bourgeoisie l'attend avec impatience. Il sera très-utile à l'établissement de votre système philippico-anglo-américain, et à votre propre établissement dans ce système.

Malheureusement pour vous et pour lui, vous êtes en ce moment académicien, et pas grand chose de plus, hélas! Le collége électoral de… (*), sans doute surchargé de citoyens dépourvus d'orthographe et de libéralisme, s'est montré peu favorable au système électoral qui leur aurait évité la peine de vous renommer. Mais les tentatives libérales du comité de Nancy ont dû ranimer vos espérances : nourrissez-les. De plus, votre palme d'académicien, par la grâce de Dieu qui protége la France, quel irrésistible prestige! Justice enfin vous sera rendue ; car si, par impossible, ces ingénieux Périgourdins comprenaient lourdement leurs devoirs, il y a bon nombre d'électeurs libéraux à Paris qui réclameront à grand vote le droit de ne plus voter. Je vous conseille de vous adresser à eux.

Vous voilà député, c'est-à-dire sûr du commencement, comme dirait Petit-Jean. De la Chambre au ministère, du rez-de-chaussée à l'Olympe, facile ascension pour un homme si leste à monter. Peut-

____

(*) Le chef-lieu de la circonscription de la Dordogne nous échappe.

être n'enjamberez-vous pas du premier bond la glissante perche vis-à-vis de laquelle maint équilibriste fameux fera valoir ses droits d'ancienneté. L'échine de Thiers est souple, quoique usée. Guizot, ne pouvant être pape, daignerait encore être ministre. Laboulaye, tant de fois a grimpé aux mâts républicains du commerce aquatique : il doit savoir plus d'un tour inédit en France. Weiss est grave et robuste d'épaules, un peu lourd à soulever, si lutte il y avait. Dans les bureaux des *Débats* et du *Temps*, que de mains *blanchement* gantées au bout d'une manche irréprochablement noire, comme celles de Robert-Houdin! Et Louis Blanc, le diable unitaire de 1848, qui m'a l'air de se faire, en vieillissant, l'ermite de la décentralisation! Et les autres et les autres, sans compter peut-être le perpétuel candidat humain!... Mais il y a place pour tout le monde le long du mât de cocagne constitutionnel : vous arriverez à votre tour, et votre tour pourra revenir plusieurs fois dans le cours de votre illustre vie. Chaque fois qu'il reviendra, les intrigants, les difficiles, recrutés surtout parmi la gent qui veut voter sans savoir ni lire ni écrire, pourront s'en aller, n'importe où, chercher l'utopique unité, sous la schlague ou le knout, en Prusse ou en Russie. Vous leur souhaiterez bon voyage.

Pour les autres quarante mille bourgeois les mieux ventrus de France et de Navarre fleuriront les belles promesses de l'ordre et de la liberté. La presse sera libre ou à peu près; les réunions interdites seulement aux mauvais sujets; la Chambre parlera, le ministère

écoutera toujours; l'instruction ne sera plus obliga-
toire même pour les maires; le vote sera éclairé,
éclairci; et Son Excellence M. Prévost-Paradol sera,
comme il n'en fut et n'en sera plus jamais, le ministre très-responsable d'un *soliveau*, qui pourra, selon
la charte, devenir *grue*, pour défendre l'État et la
société contre les abus possibles de l'imprimerie...
et du reste.

Amen.

Bergerac. — Imp. Faisandier.

9 782013 474337